いとしいあかり

畑中孝夫

Parade Books

目次

泣く

僕が女友達と話していたとき、
僕の言ったことが嬉しくて
そいつが泣き出したから
僕も初めは嬉しかったけど、
泣いているそいつが、ふと
悲しそうに見えた。

喜びにまじるいろんなものが
見えるような気がした。

僕まで泣けてきた。

波紋

川を岸辺から見つめていた。
穏やかに水が流れていて、
そのうえをゆるやかに
歩くように、
風が吹いていて、
いろんな波紋が行き交っている。

ときおりその美しい表情や
不思議な流れに驚きながら
波紋を眺めているうちに、

なにかいい発見ができそうに思えたり、
いいひらめきが湧きそうに
思えたりしたけれど、
そんな予感は心を漂うだけで
時は過ぎた。

それでも僕は
とてもいい気分で戻っていった。

人の波の中へ。

雨の中へ

家から雨の中へ歩いてゆく幼子《おさなご》。

ちょっとゆくと
急に雨がやんだので
立ち止まって見上げたら
きれいな傘をさしかけて
ママがニコニコしてる。

幼子は嬉しくて嬉しくて笑いながら
また、
雨の中へ！

寝癖

幼い孫娘が
お祖父さんの頭に手をやって
寝癖を直そうとしている。
お祖父さんの
母親みたいな目になって。

おむすび

おむすびは
祈りのような
味がする。

両手を合わせるようにして
飯粒たちをむすんでいって
心はこもり――――。
だからかな。

おむすびは
やさしい祈りの

味がする。

小さな赤い花

ショッピングモールの通路に一輪、
小さな赤い花が落ちている。

通りかかった女の子がそれを拾って
手のひらにのせて、
嬉しそうに見つめながら
歩いてゆく。
「あとでお水あげるね」
なんて言ったりして。

命拾いした花は

あらためて、
力の限り生きるぞと誓う。
この子のためにも。

すれちがいざま

車いすのお爺《じい》さんと
ベビーカーの赤ちゃんが
街ですれちがった。

赤ちゃんのすこやかな顔を
近くで見たお爺さん。

目が合う二人――。

そのあと赤ちゃんと離れてゆきながら
お爺さんは、

ひさしぶりに街が
面白味のある所に思えてきた。
微笑むお爺さん。
笑う赤ちゃん。

女友達

ある出来事で僕は怒ったが
同じことで悲しんだある女友達。
別の出来事で僕は怒ったが
同じことで笑ったそいつ。
また別の出来事で僕は怒ったが
同じことで苦悩したそいつ。
また別の出来事で僕は怒ったが
同じことを意に介さなかったそいつ。

怒ることがあるか訊くと
あると答えるが、
何に怒るかについては答えないそいつ。
僕はそいつに憧れている。

わたし

いちばん悲しませたくない人を
いちばん悲しませているわたし

友人の顔

友人が一人で町を歩いているのを
たまたまバスから見かけて
僕は驚いた。

友人の顔、暗くて険しくて
僕は一瞬、
別人かと思った。
何かあったのか、
それが普通なのか。

後日、会ったときのそいつは、

いつもの優しい顔だった……。

山桜

街から眺める春の山。
春が来たのを祝う山。
緑にピンクが賑やかだ。

天気もいいから今頃そのどこかで
花見してる人がいるかもしれない。
弁当食べてる人がいるかもしれない。
旨い空気の中で、
家族そろってのんびりと。

それは僕の子供の頃の

思い出でもあり。
僕は夢のような山から目を離して
街なかを歩いてゆく。
と、道端にタンポポが咲いている。
春の街を
僕は歩いてゆく。

夜の街

仕事でたくさんミスした日の帰り、
僕は飲もうと思って
飲食店街へ行き、
夜の雑踏を歩いた。

仕事のあとの緩《ゆる》んだ人々。
晴れやかな赤ら顔の人も多い。
僕は目的の居酒屋に向かって
しばらくぼんやり歩いた。

そしてふと、もういいやと思い、
家に帰っていった。

ふわふわふわふわと。

わたしの花

わたしの花――
可愛い花、
丹精して育てた花、
花壇で元気に咲いた花、
根こそぎ盗まれた花。

誰かに大事にされているだろうか。

きっと大事にされているだろう。

病気

集まれば
病気自慢で
盛り上がる。

そんな老人たちが
自宅や病院で味わっている、
笑い飛ばせない病苦。

七夕

願い事の書かれた短冊が
たくさん結ばれて、
ずっしり、
笹竹《ささたけ》がしなっている。

笹竹は、
力いっぱい踏ん張っている。

いろんな心を
身にまとい、
星空めざして。

ちょっとでも高く！

雨粒

まばらに雨が降りはじめる。
幼い子供が空を見上げて
さしだした手のひらに…
ぽつ…
その子は手のひらを見る。
ぽつ…　ぽつ…　ぽつ…

その子の心に湧く慈しみ…。

三つ編み

髪の毛を三つ編みにした女の子が
一人で電車に乗っている。
ドアのそばに立っている。

三つ編みは、
祈りのこもったお守りのよう。

無事に帰ってきますように――――と。

デート

数年ぶりのデートへ、
バスで待ち合わせ場所に向かう途中、
僕は願った。
無事にそこへ着けるように。
訳はないが不安を感じて。

しかしほどなく
デートへの期待が高まってきた。
デート相手を思い、胸がときめいた。

車窓を風景が流れる。

僕の心模様も流れる。

流れてばかりもいけないと思い、
ものを考えながらデートに向かう、
幸せな僕がいた。

目

まっすぐ目を見て話す人の魅力

人と目を合わすのが苦手な人の魅力

小

僕がトイレで小をしていたとき
ふと窓の隙間から外を見ると、
道端でどこかの犬も小をしていた。
空を見上げながら。

つられて僕も
空を見上げた。

犬と僕は
広大な空のもとで
同じ自然を、

やっていた。

犬

陽だまりに寝そべって
とても気持ちよさそうに
眠っている犬を見かけて、
あれが完全な平安かもな、
と思ったら
そいつは目を閉じたまま
悲しそうに
ひと声鳴いた。

どんな夢を見ているのだろう。

あたたかい陽だまりで。

顔

僕が喫茶店で
コーヒーを飲んでいたとき、
近くのテーブルで二人の女性客が
とても楽しそうに話をしていた。
僕の心を和ませるその明るい顔。

しかし、僕はふと思った。
二人は僕にとって全くの他人だから
当たり前のことだけど、
彼女達が過去に
大きな犯罪被害に遭っていたとしても

僕には分からない。

僕は店内を見渡す。
僕にとって全くの他人ばかり。
僕の知らないたくさんの人生。

つくづく知らない人たちの中で
僕はコーヒーを啜《すす》った。

小さな黒いクモ

夜、ひとりで食事をしていたら、
テーブルの隅に
小さな黒いクモがいた。
何度か息で吹き飛ばしたけど
戻ってくる。
じっと僕を見てる。

僕のご飯が欲しい訳でもないだろう。
知ってる誰かの生まれ変わりか?

僕はそのまま食事をつづけた。

知っている死者を思い浮かべて。
ひとりよりいい。

自己嫌悪

どうしてあんなこと言ったんだ?
どうしてあんなことしたんだ?
と頻繁に後悔して、
自分のことが
凄まじく嫌になっていた若い頃。

中年の今、
そんな自己嫌悪はだいぶおさまり
自己正当化がうまくなっている。
何かにつけ、ごまかす。

もう御免だけど懐かしい自己嫌悪。

もう御免だけど懐かしい青春。

ふと若い頃の僕が言う。

「その感慨もごまかしだろ？」

休日

静寂をたずねて
裏通りをゆけば、
人気《ひとけ》の少ない公園があった。

そこのベンチに座り、
ゆっくりしていて
少し眠った。

目覚めて、
木々の涼しげな葉音を聞いた。
葉音は心を流れた。

心に広がった。
しばらくして僕は腰を上げ、
歩いていった。
賑わいをたずねて。

縁

お婆さんが庭で
草抜きをしている。

静かに雨が降ってくる。
空を見上げるお婆さん。

縁あって空から
この小さな庭に
落ちてくる雨粒たち。
縁あってここの家で
長いこと暮らしているお婆さんや

縁あってこの庭で
生きている植物が濡れる。

お婆さんは、
大雨にはならないでよ、
と呟《つぶや》く。

そして、
縁あって生えている草を、
抜かせてもらう。

そよ風

草花が風にそよいでいたり、
木の葉《こは》が風にそよいでいるのを
眺めること。
それが私の生まれてきた目的の一つ。

消防車

朝、
歯を磨いていると、
消防車のサイレンが
聞こえてきた。

燃える人が思い浮かんだ。

サイレンが
遠ざかっていった。

歯を磨きつづけた。

きょうもがんばって
俺の仕事をするぞ、
と思いながら。

街路樹

等間隔の街路樹と
その影。

その木陰の一つに、
ずいぶん腰の曲がったお婆さんが
杖をついて立っている。

しばらくして歩きだすお婆さん。
強烈な日差しのなかを歩いて、
次の木陰で立ち止まる。
しばらく休んで

また歩きだす。

何度もそれを繰り返し、
ちょっとずつ先へ進む。
ちょっとずつ、ちょっとずつ。

行かねばならない場所へ。

人形

道端の等身大の人形を
撫《な》でていった人、
つついていった人、
蹴った子供、
抱きしめた子供。

人形が
撫でられたら喜んだり、
つつかれたら嫌がったり、
蹴られたら怒ったり、
抱きしめられたら幸せを感じたり

していたみたいに見えた男。
ある夜、悪酔いして
その足元に座った彼を
静かに見つめていた人形。

菓子

悩みを抱えて、
気が塞《ふさ》いだ男が、
家路を歩いている。

男は外国人旅行者に
写真の撮影を頼まれる。

カメラを受けとる男。
菓子の入った袋を持って
菓子屋を背に
嬉しそうにしている旅行者達を

撮影する。

そして男は自分も菓子を買い、
妻子のいる自宅へ帰っていく。

悩みを抱えて。
土産を片手に。
少し足早に。

死神

ときどき僕は、
自分の死について考える。
思い出したように。
恐怖しながら。
死神のちょっかいだろうか。
私を忘れるな、と
言いたいのだろうか。

そのまま僕は
自分の人生について考える。
切実に、

切実に。

この世を想いながら――。

蝉

激しい蝉時雨に
すっぽり包まれたとき、
僕も蝉と化して
鳴いている想像が浮かんで、
不思議な快《こころよ》さがあった。

ふと見ると地面に一匹の蝉。
仰向けになって
脚を動かしていた。

降り頻《しき》る蝉時雨、

みんなが命を燃やしている叫びの中で、
その脚は、
ぴたり、と止まった。
僕はそこを後にして
僕の命を燃やしに行った。

緊張

電車で母親に抱かれて
うとうとしている赤ん坊。
かたくなっている母親。
――ぐずらないでね。

ときどき他の乗客が
二人に微笑みかける。
そのたび嬉しくて
泣きそうになる母親。

だいぶ緊張がほぐれた母親の胸に、

赤ん坊の
安らいだ寝顔。

嘘

一人であれこれ思ってて
心の中で独り言を言っていて
見栄を張ってるときがある。
嘘をついてるときがある。

自分の中に
直視できない真実があり、
ごまかしてしまうときがある。

ひとが聞いてるわけでもないのに。
自分には

バレているというのに。

羽毛

休みの日の昼間、外を歩いていたら
小さな羽毛が一つ、
道の上の宙を漂っていた。
そしてその小さな影が
道の表面を漂っていた。
その二つが
ゆっくり道をすすんでいた。

ささやかな旅路を辿《たど》るか、
案外、そうでもないか。
いろんな風の影響を受けて

これからどうなるか。
僕はそいつと別れ、
すすんでいった。
僕の影を連れて。

些細な出来事

すぐ忘れるような
些細な出来事が、
潜在意識に作用して
それが思考や感情に表れ、行動に表れ、
人生に影響を及ぼしている。

そう思いながら
どんどん忘れてゆく、
些細な出来事――。

ひと休み

公園のベンチに座っていると
大きな雲が太陽を隠した。
公園がほの暗くなる。
涼しくなる。

何かが眠りに入ったよう。
それから太陽が現れる。
明るくなって
暖かくなる。

何かが目を覚ましたよう。
空へ向かって、
僕は伸びをする。

悪夢

夢の中で、
バケモノに追いかけ回されて
つかまった瞬間、
恐怖のあまり目を覚ました。
朝が来ている。

なぜこんな夢を見るのか
余韻の中で考える。

現実の世界で
刃物を持った人に襲われることを

想像して、
まざまざと恐怖を感じる。
部屋を眺める。

寝床を出る。
朝食をとる。
身支度をする。
仕事へ出かける。
外を歩く。

いつものように。

外国人

僕の乗ったバスに
一人の外国人男性が乗っていた。
彼は薄暮の街のあちこちを、
目をまるくして見つめていた。

僕はその眼差しに引き込まれた。
僕の地元の街を、
とても興味深そうに見る眼差しに。
生き生きとしたその眼差しに。

それから僕は

毎日のように降りるバス停で降り、
毎日のように歩く道を歩きはじめた。

街のあちこちが、
僕の目を引いた。

旅先にでもいるように。

家路

夜、仕事のことで落ち込んで
家路を歩き、
空を仰いで
月も出ていないと思ったら、
雲が流れて月が出た。
一瞬心は晴れたがすぐ元に戻り、
月もまた隠れた。
人気《ひとけ》のない暗い小道を歩いてゆき、
なんとなく途中で立ち止まった。

暗がりでじっとする。
なかば放心する。
時間が流れる。

ふと、家族の姿が心に浮かんだ。
再び家路をゆく。
空も仰がず、まっすぐ帰る。

青春

一人の男子高校生が
歌を歌いながら、
自転車で下校している。

やや声を抑《おさ》えつつも、
思い切り感情を込めて
歌っている。

顔の表情を次々に、
がむしゃらに変化させる。

みっともないを超えている。
それを見て中年男の僕は
呆れ返っている。
感動しながら。

ひと安心

大木の幹に子供が抱きつく。
親も抱きつく。

大木は土の中に張った根から
地球の歌を吸い込んでいる。
そしてそれを親子に伝える。

大きな大きな命の歌が
静かに親子の心に聞こえてくる。

親子は、ひととき、

大木に身を任せる。
大きな息をして。

手

お祖父さんやお祖母さんが
孫の頭を撫《な》でているとき、
孫はお祖父さんやお祖母さんの
心を撫でている。

心

とじた心がさまよう。
ひらきたいのに
ひらけないでいる心がさまよう。

そんな心が
ひらいた心と出会って
ふわりとひらく。
そしてたくさんの心と友達になる。

しかしその心はいつの間にか
またとじてさまよう。

それから
ひらいた心と出会ってひらいて…
いつの間にかとじて…
を繰り返す。

心は思う。
みずからひらくことが
できるようになりたいと。
さまよいながら思っている。

静寂

夜の静寂に包まれて
安らいでいると、
ふと日中の恐ろしい報道が
思い出された。
安らぎとはかけ離れたこの世の地獄が
思い出された。

深呼吸をする。

あした、一生懸命生きる。
今は休みたい。

深呼吸をする。
静寂の中へ。

旅するように

老いた飼い主気遣《きづか》って
ゆっくりのんびり歩く犬。
立ち止まる犬気遣って
歩きだすまで待つ飼い主。
犬は飼い主せかさない。
飼い主も犬をせかさない。
ゆっくりのんびり。
立ち止まり立ち止まり。

田舎町ゆく名物コンビ。
見てると胸が、
熱くなる。

一番星

雲のない、
水色の大空に、
一番星が
小さな救いのように光っていた。
見たら祈りが湧いてきた。
あの娘《こ》と付き合えますように。
世の中が平穏になりますように。

二つの祈りの
根本は愛だと思った。
そして僕は
両親の待っていてくれる家へ、
帰っていった。

灯火《ともしび》

高台から街を一望する。
日没が近づいて
灯《ひ》がともりはじめている。

まばらな灯の瞬《またた》きが、
少しずつ増えてゆく。

いろんな人がいろんな事を
している街だけど、
灯火《ともしび》は、ただ健気《けなげ》で、
懐かしく、

いとしくさえある。
灯火が命に見える。
またこんな日暮れの街を
眺めに来よう。
またこんな灯火を
僕の心に映しに来よう。
そう思った。

小さな水溜まり

夜、雨が降ってやんで
道に小さな水溜まりができた。

雲が去って
現われた星々を映したその水を、
猫が少し飲んだ。

夜が明けてゆく空模様の移り変わりも
映した水溜まり。

登校時間、

小学生たちがそれを
踏み散らして遊んでいった。
笑って消えた水溜まり。

畑中孝夫（はたなか・たかお）

1972年生まれ。京都市出身在住。
東洋大学文学部哲学科中退。
京都市内で勤めながら詩を書いている。
本書のほか、詩集『家族』『ひかり、ほのかに。』がパレードより刊行。

いとしいあかり

2023年5月15日　第1刷発行

著　者　畑中孝夫《はたなかたかお》

発行者　太田宏司郎
発行所　株式会社パレード
大阪本社　〒530-0021　大阪府大阪市北区浮田1-1-8
TEL 06-6485-0766　FAX 06-6485-0767
東京支社　〒151-0051　東京都渋谷区千駄ヶ谷2-10-7
TEL 03-5413-3285　FAX 03-5413-3286
https://books.parade.co.jp
発売元　株式会社星雲社（共同出版社・流通責任出版社）
〒112-0005　東京都文京区水道1-3-30
TEL 03-3868-3275　FAX 03-3868-6588
装　幀　藤山めぐみ（PARADE Inc.）
印刷所　中央精版印刷株式会社

ISBN 978-4-434-31980-8 C0092